Le garçon tombé du ciel

Les mots du texte suivis du signe * sont expliqués
sur le rabat de couverture.

www.editions.flammarion.com

© Flammarion, 2014
87, quai Panhard-et-Levassor – 75647 Paris Cedex 13
Dépôt légal : avril 2014
ISBN : 978-2-0813-0656-1 – N° d'édition : L.01EJEN001064.N001
Loi n° 49-956 du 16 juillet 1949 sur les publications destinées à la jeunesse

Paul Thiès

Maëlle Cheval

Le garçon tombé du ciel

Castor Poche

Les erreurs de Sara

Il était une fois une petite sorcière pas très douée en magie. Elle n'arrivait pas à avoir son premier examen de sorcellerie. Pourtant son papa, le très célèbre enchanteur Orson l'Horrible, ensorcelait les gens du matin au soir. Sa maman, la belle Arabelle, jonglait avec les crapauds et les grenouilles toute la journée. Sa grand-mère Philomène était la terreur des marmites.

Malheureusement, Sara s'ennuyait dans la forêt. Sa famille, les Lestrange, habitait pourtant une confortable chaumière, dans une clairière isolée entourée de vieux chênes moussus.

Un beau jour, Orson, Arabelle, leur fille aînée Alexandra et la grand-mère Philomène partirent pour un lointain congrès* de sorcellerie chez la fée Mélusine. Ils confièrent la maison à Sara et à son petit frère Pépin, sans oublier Croac, le corbeau de la famille et Chapeau, le chat noir.

Sara et Pépin se ressemblaient beaucoup.

Ils avaient tous les deux les cheveux noirs et des yeux verts malicieux.

Pépin, qui avait un an de moins que Sara, rêvait de devenir chevalier, mais hélas, ça ne se faisait pas du tout chez les sorciers ! Il était même amoureux d'une princesse voisine, Mélodie, que tout le monde surnommait Clarinette, parce qu'elle parlait très fort. Hélas, elle ne le regardait même pas.

Sara, elle, voulait… voulait…

En vérité, Sara ne savait pas vraiment ce qu'elle voulait ! Elle rêvait souvent d'un bel inconnu qui l'emmènerait vers de grandes aventures… Du coup, elle se trompait presque toujours de formule magique.

Ce jour-là, Sara devait provoquer un orage avec du tonnerre, des éclairs et des grêlons. Pépin s'efforçait de changer un ver de terre en verre à dents.

Sara répétait :
– *Ouragans et korrigans,*
  Coups de foudre, coups de vent,
  Tournevire, tournevire,
  Que l'espace se déchire !

Ogrillons et tourbillons,
Matins blêmes, nuits de plomb,
Tournevole, tournevole,
Que la lune dégringole !

Croac la regardait en claquant du bec, l'air de dire : « Oh ! la pauvre… Elle n'y arrivera jamais ! »

Alors qu'elle répétait sa formule pour la dixième fois, Sara entendit un grand BOUM ! dehors, juste devant la porte. Pépin lâcha sa baguette magique. Le ver de terre en profita pour se faufiler dans un trou.

– Hum… J'ai l'impression que tu as vraiment décroché la lune ! dit Pépin en rigolant.

Sara ouvrit la porte et poussa un cri de stupeur* : un garçon de son âge gisait évanoui devant la chaumière, un cobra furieux dressé sur sa poitrine !

Seuls à la maison, Sara et Pépin trouvent un garçon évanoui devant la porte.

Un visiteur tombé du ciel

Il ne pleuvait toujours pas sur la forêt, mais de sinistres éclairs zébraient le ciel.

Mais d'où venait le jeune garçon ? La petite sorcière regarda autour d'elle :

pas un chariot, pas un cheval, pas une mule aux alentours, et les pieds nus du garçon étaient tout propres…

Sara s'approcha très prudemment, à cause du cobra.

Le garçon ne ressemblait à personne des environs. Il avait les cheveux plus noirs encore que ceux de Sara et la peau très brune. Il ne portait pas de vêtements, sauf un pagne rougeâtre noué sur ses reins. Une sacoche de cuir gisait près de lui, et une flûte de cuivre ornée de signes mystérieux avait roulé de sa main droite. Mais ce qui intrigua le plus Sara, ce fut le tapis étalé près du garçon, un magnifique tapis de laine rose décoré de fleurs merveilleuses brodées avec du fil doré.

– Mais d'où vient-il ? murmura Sara.

– Tu sais, je crois qu'il est VRAIMENT tombé du ciel, lui répondit Pépin en sortant à son tour de la chaumière.

– Ne dis pas de bêtises ! s'énerva Sara.

Le cobra, inquiet, siffla plus fort que jamais. Il se dressa de toute sa hauteur et découvrit ses crochets empoisonnés. Il allait frapper !

Sara, pétrifiée, ne réagit pas. Pépin, blême de peur, ne bougeait pas non plus. Heureusement, le jeune inconnu reprit connaissance. Il fixa Pépin, puis Sara, et murmura d'une voix chantante :

– Câlin, tiens-toi tranquille. Ne leur fais pas de mal.

Sa voix mélodieuse calma le cobra qui se blottit entre ses bras. Le garçon sourit gentiment à Sara et dit :
– Bonjour. Je m'appelle Gali. Et toi ?

Sara, de plus en plus stupéfaite, ne trouva rien à répondre, mais Pépin s'exclama :
– Je le savais ! C'est un fakir ! Ta formule l'a fait tomber du ciel !

Sara se sentait émue et très heureuse. Gali ressemblait beaucoup à l'inconnu de ses rêves...

Le jeune garçon est un fakir tombé du ciel avec son tapis
volant et son serpent. Sara est très émue.

Chapitre 3

Sara s'énerve

Sara et Pépin soignèrent le jeune
voyageur. Le reste de la famille ne
reviendrait pas avant plusieurs jours…
   Heureusement, les blessures de Gali
n'étaient pas graves : une grosse bosse

sur le front et quelques écorchures aux bras et aux jambes.

Pépin avait raison ! Gali était un petit fakir, c'est-à-dire un sorcier indien capable de voler sur un tapis magique, de charmer* les serpents et même de s'élever dans les airs en utilisant ses pouvoirs magiques. Il expliqua à ses nouveaux amis qu'il était l'élève d'un sorcier très puissant. Son maître l'avait envoyé s'instruire en Europe.

Gali connaissait bien des choses, car il avait déjà survolé la forêt de Merlin l'Enchanteur et les bois de la fée Carabosse. Il avait même pris le thé chez le Chat Botté ! C'est pour ça qu'il parlait si bien français. Mais à présent, il devait repartir en Inde.

– C'est dommage… soupira Sara le jour où Gali leur annonça son départ.

Elle s'attachait déjà à lui… mais elle n'osait pas l'avouer !

– Je n'ai pas le choix, se désola Gali. Mon maître m'attend. Tu sais, il est très puissant mais très méchant. Je suis horriblement malheureux chez lui…

Il semblait si triste que Sara n'osa pas insister. Pépin ricanait dans un coin.
– Dis donc, qu'est-ce qui te fait rigoler ? gronda Sara.

– Tu es amoureuse ! Sara est amoureuse ! chanta Pépin en riant de plus belle. Sara est… est… hé ! Au secours !

Sara, furieuse, venait de le changer… en souriceau ! Cette fois, elle ne s'était pas trompée de formule !

– Mais… mais… couina Pépin le petit souriceau. Qu'est-ce qui m'arrîîîve ?

– C'est bien fait ! s'exclama Sara en tournant les talons. Débrouille-toi tout seul, puisque tu es si malin !

Sara rejoignit Gali et lui prit la main. C'était très romantique !

Pendant ce temps, le pauvre Pépin trottinait dans tous les sens ! Il franchit la porte de la chaumière et se retrouva dehors. Le souriceau leva la tête : tout lui semblait tellement plus grand qu'avant !

Mais le pire, c'était que…

Pépin poussa un couinement de désespoir. Croac le corbeau, Chapeau le chat noir et même Câlin le cobra… Ils étaient là, tous les trois ! Et ils le cernaient !

– Sara ! Galiiiii ! À l'aide ! Au secours ! hurla le souriceau.

Sara a changé Pépin en souriceau ! Il se retrouve encerclé par les animaux de la maison.

Chapitre 4

La princesse et le souriceau

Le corbeau battait des ailes, le chat noir se léchait les babines, le cobra sifflait de plaisir… C'était la fin ! Pépin ferma les yeux et… il sentit qu'on le soulevait par la queue ! Il ouvrit les yeux et reconnut la princesse Clarinette qui se promenait justement dans la forêt.

Le pauvre Pépin mourait de honte ! Lui, un futur chevalier, pendu par la queue comme un vulgaire saucisson !
– Lâche-moi ! Lâche-moi ! piaula-t-il en se tortillant dans tous les sens.

– Un souriceau qui parle ? s'étonna la princesse. Alors, c'est vrai ce qu'on raconte ? Des sorciers habitent ici ?

– Oui, c'est vrai ! Lâche-moi ! supplia le souriceau, s'agitant de plus belle.

À cet instant-là, Sara et Gali apparurent sur le seuil*. La petite sorcière s'écria avec colère :

– Qu'est-ce que tu fais ici, toi ? Lâche mon frère !

Il faut dire que Sara n'aimait pas beaucoup les jolies princesses. Elle était un peu jalouse.

Clarinette et Sara se défièrent du regard. Elles avaient le même âge mais étaient fort différentes. Clarinette, les yeux très bleus, aussi blonde que Sara était brune, portait une robe de soie et un collier d'or. La jeune sorcière n'avait qu'une robe de laine très simple.

– Retourne dans ton château avant que je te change en grenouille ! gronda Sara.

– Comment oses-tu me parler ainsi ?
répliqua Clarinette. Je suis bien plus
IMPORTANTE que toi !

Sara, absolument furieuse, récita
alors à voix haute :

– *Balai, balai, mon beau balai,*
   Mon beau balai, viens me chercher !
   Balai, balai, mon beau balai,
   Mon beau balai, viens m'enlever !

Aussitôt, son balai magique surgit de la maison. Sara l'enfourcha d'un bond, empoigna au passage Clarinette, stupéfaite, qui lâcha Pépin le souriceau. La seconde d'après, le balai et les deux fillettes traversaient les nuages… Et la princesse hurlait de terreur !

Assis dans l'herbe, le pauvre Pépin, lui, se sentait ridicule.

– Gali, sois gentil, rattrape-les avec ton tapis volant ! supplia-t-il.

– D'accord ! décida Gali. Ça tombe bien, mon tapis a besoin d'exercice.

Le jeune fakir siffla doucement. Le tapis magique passa par la fenêtre et se posa à ses pieds. Gali monta dessus et installa Pépin la souris sur son épaule

droite. Il tourna vite la tête car Câlin le cobra s'agitait sur son épaule gauche :
– Je t'interdis d'avaler ce souriceau ! lui ordonna-t-il d'une voix sévère. C'est mon ami !

Câlin baissa la tête d'un air déçu mais il ne bougea pas. Le jeune fakir siffla de nouveau, et le tapis décolla.

Sur le tapis volant, Gali et Pépin tentent de rattraper Sara, qui a emporté Clarinette sur son balai.

Chapitre 5

Le triomphe de Sara

Pendant ce temps-là, Sara s'amusait comme une petite folle sur son balai magique.

– Alors, jolie princesse ? Tu t'amuses bien ? ricana-t-elle.

Clarinette s'accrochait, désespérée, au manche du balai, redoutant de dégringoler dans le vide.

Soudain, Sara cessa de rire et ouvrit des yeux ronds. Sur son tapis volant, Gali se dirigeait vers elle, avec Pépin et Câlin sur ses épaules… mais un dragon rouge les suivait, la gueule grande ouverte !

Sara, épouvantée, pensa : « Ils vont se faire croquer à cause de moi ! Je dois absolument faire quelque chose, et sans me tromper de formule cette fois ! »

Elle réfléchit une seconde et cria de toutes ses forces :

– *Dragon, dragon, fais attention !*
Dragon, dragon, retourne-toi,
Dragon, dragon, fais attention,
Dragon, dragon, brûle pour moi !

Les crocs du dragon touchaient déjà les franges* du tapis magique… quand le bout de sa queue s'enflamma comme une vulgaire brindille ! Le dragon était en feu ! Il poussa un cri horrible, battit désespérément des ailes et disparut dans les nuages !

Lorsqu'Orson l'Horrible et la belle Arabelle revinrent de voyage, quelques jours plus tard, ils découvrirent :

Un, que leur fille avait fait tomber du ciel un tapis volant et son fakir.

Deux, qu'elle avait changé son frère en souriceau.

Trois, qu'elle avait enlevé une vraie princesse.

Et quatre, qu'elle avait mis le feu à un dragon !

Alors, bien sûr… ils la félicitèrent chaleureusement !

– Bof, c'était vraiment pas difficile ! prétendit la grande sœur Alexandra, un peu jalouse.

– Elle a très bien fait ! rétorqua la grand-mère Philomène. De mon temps, les dragons ne se croyaient pas tout permis ! Ils ne dévoraient jamais les magiciens !

Et c'est ainsi que Sara obtint enfin son premier examen de magie.

Le dragon avait rejoint sa montagne et la princesse Clarinette son château. Pépin avait repris sa forme humaine. Orson et Arabelle autorisèrent Gali à habiter chez eux tout le temps qu'il voudrait. Ça tombait bien : il rêvait de rester près de Sara.

La magie, c'est bien, mais l'amour, c'est mieux !

❶ L'auteur

Paul Thiès

Paul Thiès est né en 1958 à Strasbourg. Il aime les voyages et les aventures, qu'il s'agisse de vagabonder à travers le monde ou de se déplacer dans le temps. Cela explique qu'il soit devenu un spécialiste en dragons, en balais et en tapis volants. Pour lui, Merlin, Mélusine et Carabosse sont de vieux amis !

À part ça, Paul Thiès adore les marmites et les chaudrons, les grimoires et les parchemins. Le tout, c'est de savoir ce qu'on y mange (dans les marmites) et ce qu'on y lit

(dans les grimoires). C'est à ces questions que répondent les aventures de Sara et de ses amis. Alors...
Vive abra et bravo cadabra !

❷ L'illustratrice

Maëlle Cheval

« Je suis née à Pierrelatte en Rhône-Alpes, tout près de la ferme aux crocodiles ! Ma petite maman vous dirait, photos à l'appui, qu'avant même de marcher, je gribouillais déjà ! J'ai grandi au milieu d'un château fort de beaux livres illustrés, je passais des heures à les regarder, à découvrir chaque petit détail de ces illustrations qui me faisaient rêver ! Et le jour venu de me choisir un métier, celui de faire des livres pour enfants semblait être une évidence ! J'adore cacher des tas de détails dans mes dessins, mettre de belles couleurs et travailler sur des univers magiques tout doux, remplis de poésie ! Alors, quand j'ai découvert Sara, son caractère de petit cochon têtu, et sa famille de joyeux magiciens un peu toqués, c'était comme un coup de baguette magique, un vrai coup foudre ! »

Table des matières

Achevé d'imprimer en février 2014,
chez Pollina S. A. (France) - L67705.